亲爱的读者：

我在祖母的阁楼上发现了一个非常老旧的皮箱，那是我叔叔水鼠的。我在皮箱里找到一本日记和一把小钥匙。日记中记载了水鼠叔叔年轻时与他的好朋友小獾、鼹鼠及蟾蜍的许多有趣的故事。大家可能早已从肯尼思·格雷厄姆所著的《柳林风声》中认识了他们，那本书介绍了他们长大后的冒险故事，但是没有人知道他们是怎样成为好朋友的。因此，我请我的好朋友玛丽·简·贝京把叔叔的日记内容整理后公布于世，希望大家会喜欢这些故事。

你真诚的朋友　罗丝·绿芽

献给我弟弟恰克,他学会了缝纫。

柳林中的好朋友

〔美〕玛丽·简·贝京/著　余治莹/译

蟾蜍和獾的故事

青岛出版社
QINGDAO PUBLISHING HOUSE

图书在版编目（CIP）数据

柳林中的好朋友：蟾蜍和獾的故事 /（美）玛丽·简·贝京著；余治莹译. — 青岛：青岛出版社，2017.8
ISBN 978-7-5552-5456-0

Ⅰ.①柳… Ⅱ.①玛… ②余… Ⅲ.①童话 – 美国 – 现代 Ⅳ.①I712.88

中国版本图书馆CIP数据核字（2017）第135072号

山东省版权局著作权合同登记号　　图字：15-2017-60

书　　名	柳林中的好朋友——蟾蜍和獾的故事
著　　者	〔美〕玛丽·简·贝京
译　　者	余治莹
出版发行	青岛出版社（青岛市海尔路182号，266061）
本社网址	http://www.qdpub.com
责任编辑	楚晓琦　E-mail chuxiaoqi@126.com
特约编辑	王　钰
封面设计	修　婧
制　　版	青岛艺鑫制版印刷有限公司
印　　刷	北京盛通印刷股份有限公司
出版日期	2017年10月第1版　2017年10月第1次印刷
开　　本	24开（889mm×1194mm）
印　　张	$1\frac{2}{3}$
字　　数	30千
印　　数	1—10000
书　　号	ISBN 978-7-5552-5456-0
定　　价	29.80元

编校印装质量、盗版监督服务电话　4006532017　0532-68068638
本书建议陈列类别：绘本/图画书

亲爱的日记：

　　小獾刚刚给我讲了他跟我们亲爱的朋友蟾蜍第一次见面的有趣故事。我听了后笑个不停！小獾和蟾蜍亲如兄弟——他们相亲相爱，不过偶尔也会吵吵闹闹。我必须趁记忆犹新的时候，赶紧将所有事情记录下来，免得漏掉一些细节。

你真诚的朋友　水鼠
1922年1月28日

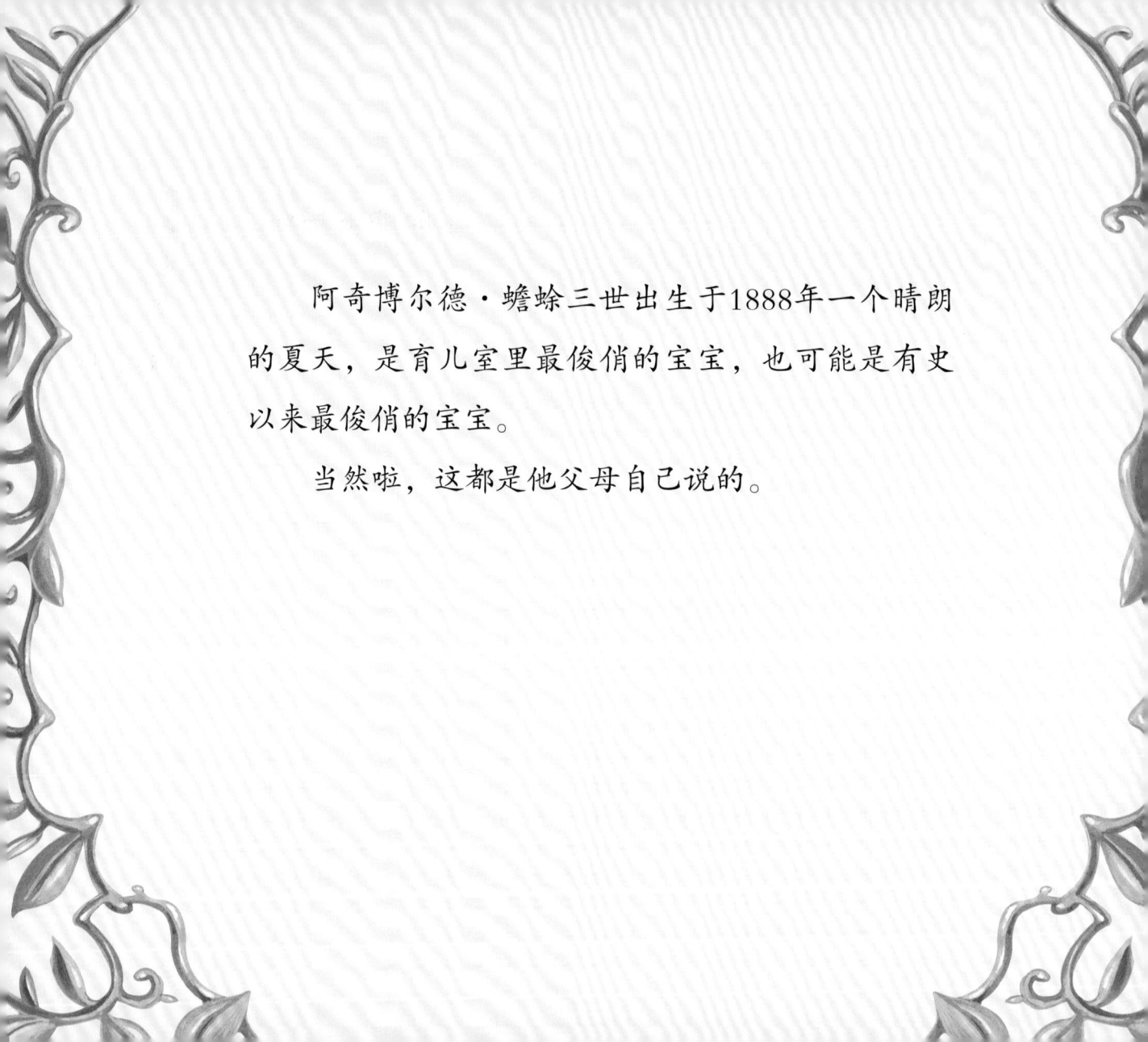

　　阿奇博尔德·蟾蜍三世出生于1888年一个晴朗的夏天，是育儿室里最俊俏的宝宝，也可能是有史以来最俊俏的宝宝。

　　当然啦，这都是他父母自己说的。

没过多久,大家都直接喊他"蟾蜍托德"了,因为大叫"蟾蜍托德,不可以碰那个!"或是"蟾蜍托德,把东西放下!"可比"阿奇博尔德·蟾蜍三世,不要扔掉菠菜!"简单得多。

随着蟾蜍托德渐渐长大，蟾蜍先生和蟾蜍太太决定聘请一位保姆来照顾他。

长相尖酸刻薄的南格太太来了，但只做了一个星期。

后来，新换了霍格太太，但她睡午觉时打呼噜，还会流口水，结果只待了一天。

蟾蜍太太最后聘请了獾太太。

獾太太是一位超级棒的保姆，答应从大老远的野森林搬到蟾蜍府，唯一的要求是允许她带着自己的宝贝过来，这个宝贝就是她的儿子小獾。

蟾蜍托德很惊讶，嘟囔着说："我才是蟾蜍府唯一的宝贝！"

经过介绍以后，蟾蜍托德决定试着表现得和善一些。毕竟，他从来没有真正交过朋友。

　　他问小獾："你想爬我的苹果树吗？"

　　"好啊！"小獾回答。于是，他们快跑着穿过庭院。

蟾蜍托德攀爬上苹果树，使劲儿摇晃枝干。苹果噼里啪啦地打在小獾身上。

小獾一边揉着被砸疼的脑袋，一边捡起砸到自己的大红苹果。

"你拿了我摇落的苹果！"托德大叫，跺着脚回到蟾蜍府。

小獾跟在后面，还咔哧咔哧地大声啃着苹果。

獾太太正在准备莴苣和花生酱三明治当午餐，蟾蜍托德和小獾坐下来画画。"这些都是我的，那些才是你的。"托德说着，把大多数的颜料罐都收拢到自己的桌边，只留了几个给小獾。

小獾画完后说："对于画獾来说，这些都是最棒的颜色！"

托德吐吐舌头做鬼脸。

午餐后,他们一起去托德的房间玩。

"你会弄坏我的玩具,"托德对小獾说,"所以你最好玩你自己的破旧玩偶吧!"

"它不仅仅是一个玩偶。它有名字,叫安迪。"小獾说,"这是妈妈给我做的,它是世界上最好的玩具!"

一直到午睡时间，小獾和蟾蜍托德都没再跟对方说话。獾太太将两个男孩各自安顿在床上后，托德又蹑手蹑脚地爬了起来，穿过房间，把小獾床上的安迪拿走了。

咻——

托德用力一扔,把安迪高高地抛到书架顶上。

安迪的一条腿挂在外面,很容易被瞧见,托德伸手去抓它。可是,它一动也不动。托德用力去拉。

他非常用力地一扯,突然听到了很恐怖的声音。

哧——

"噢，糟了……"蟾蜍低声咕哝，心中好烦。他把安迪的双手扯开看了看，然后把它塞到书架底下。

"安迪呢?"小獾睡醒后大哭,上上下下到处寻找自己最爱的玩具。

最后,他在书架底下找到了。

托德可以看得出来,小獾的肩膀因哭得太厉害而抖个不停。

谁也没说一句话。

"我不是故意的！"蟾蜍托德呜咽地说，"我生你的气，所以想把安迪藏起来。"

"为什么？我做错了什么？"小獾问。

"你来以前，我从来没有跟谁分享过蟾蜍府的东西。"托德小声地回答，"对不起。"

"你真觉得对不起,还是说说而已?"小獾问。

"我真觉得对不起!"蟾蜍托德一面回答,一面温柔地摸着安迪的耳朵。"等一等……我有个好主意!我们可以一起把它缝好啊!"

他们找出针线盒,努力想把安迪缝好,但是托德被针扎到两次,而小獾则把自己的衬衫缝到了床单上。

蟾蜍托德和小獾小心翼翼地抱着安迪去找獾太太。獾太太教这两个男孩怎样穿针引线，从哪里下针，还有打结的技巧。就这样，托德和小獾一起把安迪缝得完好如初。

两人缝好以后，獾太太为他们准备了甘菊茶和刚烤好的蜂蜜饼干。托德满嘴都是饼干，下巴还挂着滴下的茶水，满脸期望地问："獾太太，你明天还会来吗？小獾也会一起来吗？"

　　"我每天都会来，蟾蜍宝贝。"獾太太回答，"小獾当然也会一起来。"

亲爱的日记：

　　獾太太一直在蟾蜍府做保姆，直到蟾蜍托德长大。托德和小獾从认识的第一天起，就形影不离。他们偶尔会意见不合吵吵嘴，但是大多数时间里会一起游戏，一起画画，一起吃饼干，一起做好朋友喜欢一起做的事情。

　　　　　　　　　　　　　你真诚的朋友　水鼠
　　　　　　　　　　　　　1922年1月29日